청어詩人選 191

얼굴무늬
수막새

김안로 시집

청어

얼굴무늬
수막새

김안로 시집

시인의 말

자주 길 아닌 길을 걷다 뒤늦게 깨닫고
제자리로 돌아오곤 했지만
무시로 나는 또 길을 나설 것이며
돌아오면서 끄적거린 상념들은 詩가 될 것이다.

데뷔 때부터 넓게 잡고 파지 않았기에
깊게 파고들지 못한 詩作은 더없는 부끄럼으로
두고두고 내 마음을 그러잡고 호되게 구박할 것이다.

오랜 기간 동안 「詩」라는 이름으로
인터넷을 떠돌던 詩詩껄렁한 雜記를 다듬고 손봐
한 자리에 모아서 묶었지만 이 시집을 읽는 이들은
전반적으로 詩骨은 부실하고
군데군데 본인의 허술한 인생 역정이
더께처럼 묻어 있음을 단번에 눈치채리라.

하지만 부끄러운 몸을 일으켜 세우고 고개를 들어
물아일여(物我一如)의 서정을 좇아 다시 길을 나선다.

2019년 여름
김안로

차례

2부

3부

4부

1부

각시붓꽃

내 붓끝이 무뎌지고
지퍼가 열리면
너는 좋아서 어쩔 줄 모르겠지

나, 만개한 웃음으로
너를 맞을 것이니

감꽃

워낙은 근본 있는 씨알을 만들지
시간은 시시각각 세월을 읽어나가지만
바래지 않는 세월 틈에 부리처럼 밀고 나와
타오르는 아침해를 콕콕 쪼아서
작은 분화구 모로 만들고
오뉴월의 따가운 불씨를 품안으로 거두어
여문 희망 남겨 두고 유리하다가
바람에 걸려 넘어지고 더러는 굴러
가엾구나! 성한 데 없는 영혼
잠시 화려했던 기억 더듬다
흔적 없이 사라지는

검정바지

외출을 준비하는데 세탁소에서 배달이 왔다
철 지난 검정바지 한 장

이제 이 바지는 가랑이 속에
자신의 계절을 납작하게 눕혀서 혹은 세워서
캄캄한 옷장 안으로 들어갈 것이다
긴 휴식에 들어갈 날 선 바지 34인치 옆구리를 잡았다

겉감: 울 40%
　　　폴리에스터 60%
안감: 폴리에스터 100%
제조연월: 2002

도대체 얼마나 뻔질나게 세탁소엘 들락거렸으면
꼬부라진 라벨은 주인의 시선을 피하려 들고
인쇄는 탈색이 될 대로 되어서 눈에 들어올까 말까다

오래되어 어디에서 샀는지도 모르는 이 바지는
누구 손에 재단이 되고, 또 박음질 되어
이렇게 몸에 착 달라붙는 명작으로 나타났던 걸까

양모사는 본래 어디에서 풀 뜯는 양의 결 고운 털이었으며
어느 기업에서 칩을 만들어 뽑은 폴리에스터사(絲)며
무슨 기계로, 누가 실을 나르고 짜서
또 염착성이 서로 다른 원사로 빚은 혼방 원단이
어떻게 단일 검정색으로 염색이 가능했을까

아서라, 외출이나 해라!
「고르디우스의 매듭」은 푸는 것이 아니다

고비*

젖은 영혼이 인연을 봉분처럼 덮고 마른 계절로 내달리다
다다른 고비, 에 풀씨 하나로 뿌리내리고
새살 돋아 겨우 허물 하나 가렸네
곰내 나는 다락방이면 어떠랴! 맘 두어 편한 곳 자리 잡으면
거기 새어 든 햇살은 언제고 꼭 곱으로 갚을 것
척박한 땅에 드문드문 소낙비 내리고
지평선 너머 쌍무지개 설 때
묵은 한(恨) 낱. 낱. 낱. 빨래처럼 널어놓고
허허 소리 내어 웃다가
다시 바람 부는 사막, 가까스로 고개 내민
흙내 없는 사막 풀
혹 독풀은 아니겠지, 입 맞춘 기억

―――――――――

* The Gobi: 몽골語로 풀이 잘 자라지 않는 거친 땅(= 고비砂漠)

고생대(苦生帶)

허유(許由)는
요임금이 자신에게 양위(讓位)하려 하자
더러운 말을 들었다며 강에 나가 귀를 씻었고
소보(巢父)는 그 강물을 소에게 먹일 수 없었다지

영 불길한 통치의 위(位)

사람 사는 세상 한 가운데
그럴 듯한 옥석 가려서 앉혀 놓아도
스스로 회오리 만들어 흔들리는 자리
기울기도 못 잡고

올라가도 내려와도 삭다리

목욕재계하고 올라가
결국은 오명(汚名)만 쓰고 내려올
언제나 은자(隱者)로 살아갈 사주 명(命)

떠밀려 올랐다간
소.유(巢.由)도 그렇게 되고 말았을

고속도로 휴게소에서

고속도로 휴게소엘 들러보셨겠지요
차에서 내려 입구 쪽으로 걸어가다 보면
어느 휴게소에나 다름없이
쌍둥이처럼 나란히 서 있는 포터 두 대를 볼 수 있지요
하나는 없는 게 없다는 만물상이고
또 하나는 경쾌한 뽕짝음악이 허리를 비틀면서
춤을 추는 카세트테이프 점이죠

바닥엔 싸구려 물건들이 어지럽게 널려있고, 그래도
값나가는 물건은 벽면을 차지해 폼을 내고 있는 만물상
옆에, 책장처럼 가지런히 꽂혀 들락날락 하루는 24시간
경쾌한 멜로디를 발산하는 카세트테이프 점
파도처럼 밀려와서 빠져나가는 사람들, 다 보고 있지요

그 앞을 지날 때 관심을 가지고 볼라치면
혹, 격이 떨어질까 봐 곁눈질로 지나치기 일쑤인데
옆에서 들려오는 흥겨운 노래 가락에
계단 너덧 개 쯤이야 가뿐하게 올라서지요
바로 그 때 차 안에서 참았던 방귀를 냅다 뀌어 보시면
쾌감 좋습니다 물론 보는 사람, 듣는 사람 없고요

속을 비우고 나온 사람, 속을 채우고 나온 사람
아무도 쉽게 계단을 내려서지는 못하지요
허리를 펴서 양팔을 뒤로 길게 젖히면
눈부신 태양이 주저 없이 들어와 온몸에 다시 생기가 돕니다
또 심호흡 한 번 크게 하고 몸을 천천히 앞으로 모을 때
눈에 더 크게 들어오는 만물상 현수막 문구 하나

「둘러보마 더러 씰만기기 있심더」

노래 가락에 맞춰 춤추는 것도 보이죠

겨울 창밖의 비발디

십여 년을 시골 행 버스 조수(助手)로 일하다가 지금은
예술가가 되었다는 이춘복 씨가 거울 속 도로풍경을 보면서
단골손님의 머리를 손질하고 있습니다
창밖에 흩날리는 눈은 그칠 줄 모르고 자동차들은 오선지를 따라
라르고 걸음으로 엉금엉금 기어갑니다
예술가의 연탄난로 위엔 아까부터 주전자가 숨을 몰아쉬고
손님의 머리에는 아랑곳하지 않고 거울 속 도로에만 정신을 팔던
이춘복 씨, 한 마디 합니다

「먼 산 보고도 머리 손질이 유연해야 예술가 축에 들지」

곰곰

용하다는 어느 철학관을 찾아
들은 말 중에
계절이 몇 번 바뀌어도
잘 지워지지 않는 말
「60 넘어도 철들기 글렀다」

아직도 곰곰 생각해보면
틀린 말은 아닌 듯

「귀천」詩碑* 앞에서

눈부신 햇살에 눌려
5월의 이마에 땀방울 맺히던 날
무성한 때죽나무 그늘에 하이얀 꽃물 흘러내리는
계곡, 청아한 물소리 들렸습니까

엊저녁
외로움 더 타실까, 텅 빈 시비 앞에서
밤이 새도록 술 상자 끌어안고
더불어 말술 들이키던 친구들
큰 대 자로 뻗어 코고는 소리도 들렸습니까

지금, 대밭 사이를 스치는 바람 숨죽이고 섰는데
눈 맞추며 지저귀는 저 새소리는
누구의 목소리입니까

그토록 그리던 하늘나라에 막걸리는 있습니까
술친구도 있습니까
구수한 담배는 쌓아놓고 드십니까

---

* 「歸天」詩碑(천상병): 경남 산청군 시천면 중산리 소재

22

그나저나
하늘나라는 살 만하십니까

관풍루(觀風樓)*에서

관풍루에 올라 토성을 죽 둘러보고 있습니다
삼한에 불던 바람 여기 아직 남았는지
반가운 듯 슬그머니 제 옷깃을 찾아드는군요
저기 노오란 잔디밭, 죽농(竹農)이 먹을 갈고 있습니다
석재(石齋)가 붓을 드니 어디 화선지가 따로 있겠나요
「立春大吉 建陽多慶」
글씨마다 뼈에 힘을 실었습니다
상화(尙火)가 남쪽 기슭에 앉아 오는 봄 읊조리니
바로 옆 동물원 철장에서 모이 쪼는 까치 한 쌍
콕콕, 부리도 다정하게 다 받아 적습니다

---

* 대구달성공원 경내에는 관풍루를 비롯 師弟之間인 석재 서병오(石齋 徐丙五)
선생의 예술碑, 죽농 서동균(竹農 徐東均) 선생의 문화碑와 상화 詩碑 등이 있음.

구절초

구구절절
마른 땅에 조바심 내밀고
하늘까지 한 자(尺) 쯤 되던가

근본은 박한 터라
다만 발품으로 여럿 서

늙지 않는 빛 실명하는 틈에
이슬 한 모금으로도 새벽을 불러오니
더러 눈이 부신 날 있더라

하얀 이빨 드러내며
웃던 가을

까치집(鵲巢)

머리맡은 늘 하늘이 열려있고
발치는 지상낙원
낙원의 기둥은 생목
벽과 울타리는 몸에 좋다는 친환경 소재
바람이 통하고 볕이 잘 내리도록
제법 아늑하게 품을 넓힌
화려하지 않으면서 정갈한 집

두고두고 샘나는 집

꿀수박, 설탕수박

기초수급자와 독거노인들이 주로 거주하는 B 임대아파트 맞은
편 시장 입구에 수박을 가득 실은 포터 두 대가 도로를 마주보
고 나란히 전을 펴고서는 「전국에서 가장 달고 싼 꿀수박, 설탕
수박 떨이 중」인데 빨리 안 오면 후회하신다고 마이크를 통해
아파트 골목 안까지 흘려보냅니다
꿀수박은 당도가 꿀에 버금간다는 뜻이며, 설탕수박은 입에 들
어가면 말 그대로 사르르 녹는다는 수박이지만, 실제로 이런 수
박들이 있긴 있습니다
몸은 뜨겁고 땀에 절어 꿉적하기 싫은 지금은 년 중 가장 무더운
여름, 시원한 수박 한 쪽이면 구세주가 따로 없겠는데요.
자, 여러분!
「전국에서 가장 달고 싼 꿀수박, 설탕수박 지금 떨이 중」이라는
저 멘트가 과연 가벼운 지갑을 위로하는 복음일까요

그 해 4월

아홉 달 모두가 4월이었던 2014년

누가 흔드는가
땅은 여기저기 떨면서 갈라져
끔찍한 속을 내보이고
바다는 쉬지도 않고 널뛰다
들뜬 마음 지나가는 배
단번에 엎어버렸네!

삽시간에 닥친 아수라장 속
오래 버티지 못하는 애타는 절규
하늘은 눈감고 모르는 척

시치미 떼는 세월만 길더라!

우리, 울다가 웃다가 하면 누가 욕할까
울다가 울다가 또 울다가
해 저물 때까지 마음도 흐느끼다가

이제는 그만 울어야 맹세 길어도
이래저래 눈시울 젖어
4월 아홉 달 한 해가 퉁퉁 부어서
넘어가던

꿈
−제주도

제주도를 손바닥에 놓으면
섬이 아니고 꿈이 된다
들뜬 마음들이 나를 찾아와 며칠을 놀다 갈 것이며
바다 건너에서도 나를 동경하며
손금 구석구석 검색하느라 꼬박 밤을 새울 수도 있는 일
예약이라도 하려면 일일이 내 스마트폰을 거쳐야 하고
내 일과가 끝나지 않으면
단 하루도 지나가지 못할 것이다
내 손바닥에 있지만 관리가 그리 수월하지만 않는 것이
공항의 질서를 세우거나 재해를 막는 일
아직은 공중도덕이 부족한
요우커(遊客)들의 고성방가가 들리거나
태풍이라도 올 무렵이면 얼른 호주머니에 넣고
소음을 잠재우거나 바람을 피해야 하는 경우다
또한, 쇄도하는 우주의 관광객으로 인해
공항 하나로는 턱없이 비좁아
바다가 조망되는 서귀포 동남쪽 평원 어디에다
근사한 국제공항을 신설하고
하루일이 끝나면

태풍의 눈을 찌르는 산방산 꼭대기에서
잠을 청할 일이다
제주도를 내 손바닥에 놓고 든 잠에서 깨어나면
섬은 떠나고
평원엔 도로가 난 손금만 남아있다

나를 탁본(拓本) 할 때

생각 없이 두드리지 마라
너는 손만 아프고 나는 맘이 아프다
무얼 보겠다고 무슨 마음으로
내게 다가왔는지 몰라도, 너무
들추지는 마라
그런다고 다 알겠는가

낙엽

낙엽 쌓인 비탈길을 걷자니 자꾸 미끄러진다
세 번 미끄러졌을 때는
손바닥에 눌린 낙엽들이 인상을 찌푸렸다

우리는 하루에 열두 번도 더 미끄러진다
이리저리, 바람이 가만두질 않으니

낮잠

온갖 시름이 스르르 내 몸을 빠져나갈 즈음
누군가 안에서 문 여는 소리는 들었다

어릴 적

강가에서 발가벗고 물장구치며 놀던 여름은
그 하루해가 짧았으나
눈이 하얗게 쌓이는 겨울날은
왜 그리도 길던지

'방 안에만 처박혀 있으면 피 마른다'는
할아버지 말씀이 나를 얼음판으로 내몰았지만
얼음지치기도 지치면
어디 갈 곳이라도 마땅해야지

겨울 햇살 모으고, 바람 쪼그려 쉬고 있는
짚더미 속 찾아 앉으면
금세 새록새록 잠이 들었지
신발 문수 재어
장에 가신 어머니를 기다리며

'야 이놈아 쇠죽 끓여야지!'
꿈이 잠을 흔들었다

네가 날 길들인다면
– 여우가 어린왕자에게

내 생활은 단조로워
난 닭을 쫓고, 사람들은 나를 쫓지
닭은 모두 비슷비슷하고
사람들도 모두 비슷비슷해
그래서 나는 좀 따분하지
그렇지만 네가 날 길들인다면
내 생활은 밝아질 거야
다른 발자국 소리를 들으면
난 땅으로 숨겠지, 하지만
네 발자국 소리를 들으면 음악과도 같아
날 굴 밖으로 불러내겠지
그리고 저길 봐, 저기 밀밭이 보이지
나는 빵을 좋아하지 않아
그러니 밀은 내게 아무 소용없어
밀밭은 내게
아무 생각도 나게 하지 않아
그건 슬픈 일이지
그래도 넌 금발이니, 네가
날 길들인다면 정말 근사할 거야
황금빛 밀밭을 보면

네가 생각나겠지
그렇게 되면, 난
밀밭 사이를 스치는 바람소리도
좋아하게 될 거고

---

* 생텍쥐페리의 『어린왕자』 중 여우가 어린왕자에게 고백하는 대사를 詩로 엮어
  봄. 싱크로율 99.9%.

노루귀*

언 땅 속에서 털옷 걸치고
봄을 기다리며 가만가만 숨죽인다
낙엽은 그늘막이 아니고
이불이어서 언제나 포근했던 겨울

노루귀, 소리 없이 올라와
봄의 태엽을 푼다

---

* 우리나라 각처 산지에서 자라는 다년생 초본식물. (나무 밑에서 잘 자람)

낚시[釣詩]

단번에 낚아챌 요량으로
수초 우묵한 머릿속으로 족대를 들이밀었으나
아직 비늘조차 생기지 않은 피라미 몇 건져 올린다

하긴, 심연의 바다를 가지고도
언제나 지느러미의 세계를 겉돌기만 하는 내가
올찬 대어를 잡아 올린다는 게 말이 안 되지
바지 걷어붙이고 마냥 얕은 물에 놀아서는

깊은 물에는 큰 미끼를 던져라
하여, 태공망의 위수(渭水)를 검색창에 올려놓고
쉽게 끝나지 않을 사유의 苦行을 나선다

언젠가는 미끼를 물어 파문을 일으킬 詩가
삿갓 눌러쓴 내 어두운 머릿속에
한줄기 빛으로 내릴까. 잡은 살림망 들여다보면
잔챙이만 퍼덕거리는데

2부

눈물(雪水)

네가 어제까지 보여준 것은
하얀 순결이었으나
오늘은 하염없는 눈물이었다

눈 시린 길목마다
차가운 너의 순백을 노래하는 자
말갛게 열리는 하늘로 손짓하는데
아직 너는 빈 가지에 매달려
슬피 우는가

네 눈물은 허사가 아니다

네 슬픔을 들이킨 이 메마른 대지가
양염(陽炎)으로 일렁일 때
찬바람으로 잉태한 모든 인연들이
시린 촉수를 내밀고 새로 맞는 세상

아, 하늘은 눈부시게 푸르고
땅은 이리도 푸근하구나!
하나 둘
손꼽아 기다린, 네 눈물이 주고 간
선물

눈빛 맑은 산새 한 마리

뜨거운 상처 아물던
초가을 어느 날
찾아온
눈빛 맑은 산새 한 마리
태연한 장승 되어
그냥 만나면 되나

저물어
갈가마귀 설쳐대는 나들목
들릴 듯 말 듯 노래하는
눈빛 맑은 산새 한 마리
쇠락한 영혼 위에 깃든 연민 한 아름
그냥 받으면 되나

흐르다 만
빛바랜 세월 밑에 걸러진
녹슨 훈장
두 눈 부릅뜨고 감춘 채
눈빛 맑은 산새 한 마리
그냥 보내면 되나

_____

* 2004년 「시사문단 12월호」 등단 작품

늙은 호박

베고 누운 달빛이
스멀스멀 뒷걸음치며 빠져나갔다

꽃다운 시절 잠시
세월 따라 둥글게 둥글다 무거워진 몸
곁으로

한 이틀
청솔모가 찾아왔지만 저 혼자
나른한 오후를 갉아먹다
아무도 돌보지 않는 시간 속으로
잽싸게 날았다

언제나 뜬금없는 계절
다른 계절 하나 물어놓고
떠나는 자리

달

볼 때마다 웃는다
적당히 밝다

밉다

속마음은 내보이지 않고
뒤태는 감히
보지도 못한다

세상엔 저런 달이 많다

달(moon)과 문(門)

사글세 5천원에, 문이
열리던 단칸방

달이 걷던 길가에 이슬 꽃 맺히는
가난이 밤새 젖어있던
시절의

달뿌리풀

저무는 백사장에서
붉은 어스름 타고 넝쿨째 떨어지는 고독
온몸으로 받아
저만치 달이 행보하는 새벽으로 줄행랑쳤지
돌아보지 않을 추억 박음질하면서
정처 없이, 한 땀 한 땀
다만 침묵이 깨는 쪽으로 기지개를 켜는
적나라한 生이

담쟁이

서툴지만
바람의 리듬을 업고 절벽을 올랐지

이제나 저제나
고요를 흡입하면서 바람을 기다렸어

지금 말이지만
아직도 착, 달라붙어 있는 것은
마른 벽에 부딪는

바람 때문이야!

대작(對酌)

나는 막걸리를 들고
하늘은 소용돌이치는 먹구름을
들이켰지
봄비가 하염없이 내리던
그 날

도읍지(都邑地)에서

우륵은 대가야를 떠나
신라에 귀순했다

그리고 10년

가야는 망했다
망하긴 했으나 항복하지는 않았단다

돌아오는 길
왕손 짜장면 면발이 좀 질긴 듯해도
그런대로 맛은 좋았다

동백

어디 살짝 부딪히기만 해도
모가지가 투—욱! 하고 떨어질 것 같은
한 잔 술의 늦은 귀갓길
충혈된 눈이 찾아가는 골목길은
구불구불, 휘청휘청

담장의 시린 꽃빛 유일한 부축이었네!

마른멸치

무슨 업보로 천형을 받았을까
적막으로 굳은 몸 반으로 갈라보니
저도 한때 파도를 탔던 유려한 생을 보낸 터라
미라처럼 뼈도 가지런히 살아있고
검은 은빛 내장
미동도 없이 부끄럼도 없이
의젓하게 누워있네

마못[*], 아직은 겨울

땅속 어둠에 길든 탓인가
빈 산, 부동자세로 선 나목들이
하늘에 점호를 끝내고 3월을 맞을 때
산자락을 내려오는 붉은 아침이
온몸으로 성례를 치르는데도
달달한 잠에서 얼른 깨어나지 못해
부신 태양을 등에 업고도
제 그림자에 눈을 돌린다면

---

* 마못(몽골 타르박) : 쥐목 다람쥐과 마못속의 땅굴 생활하는 설치류.
　기상예측동물로 겨울잠을 자던 마못이 밖으로 나왔다가 자신의 그림자를 보
　고 다시 굴 안으로 들어가면 겨울이 더 길어지고, 그렇지 않으면 봄이 빨리 다
　가온다는 설이 있음.

만파식적(萬波息笛)

'길은정'이 세상을 버리기 전에 내놓은 앨범 이름이
엄살 많은 나의 따귀를 때리고 휙- 지나간다

큰스님의 법어처럼 때 묻은 마음 헹구어내는
「만파식적」

근심을 잠재우고도 남을 그의 가냘픈 노래가
튕기는 기타소리에 실려
아픔과 슬픔의 고통, 하나하나 뜯어낸다

신장*의 미라처럼
몸이 하얗게 타들어가도 용서와 사랑의 끈을 만지던
블루를 좋아한 천사의 목소리를 들으며
허공에 소리를 매다는 한 마리 새 같은 나를 본다

짧은 생이라지만 저렇듯
울림이 있는 삶으로 남을 수가 있을까
한 줌의 재가 되어서도 그는 파란 기타에 기대어
하얗게 웃고만 있으니

만파식적, 그 음색이 하얗다

---

* 신장(xinjiang新疆−신강): 중국 서부의 신강위구르 사막지역

망초

오뉴월 달빛처럼 희다

더워서 길게 늘어지는 밤마다
허물 벗는 산자락

덜컹덜컹 수레바퀴 같은 하루가
아픔을 물린 자리, 간간이 슬픈 음색으로
매미 달아서 울 때
철없이 쑥쑥 올라와, 히죽히죽

물안개처럼 웃는

맥주

다 채우지 못하면서
매번 부풀지
풀리지 않는 갈증과 마주하지만
하얀 거품은 언제나
측은한 나를 위로하거나
들뜨게 만들고

맨발

일요일 오전, 망태 메고 친구들과 꼴 베러 가다가
빵도 주고 연필도 준다 길래 고모 따라
샛강 건너 「객기교회」로 갔다

나눠주는 식빵을 맛있게 먹고 한참을 놀다 돌아올 때 보니
엄마가 어제 사준 검정고무신이 없어졌다
난감했지만, 연필이라도 받았으니 콧노래 부르며
맨발로 돌아오는 길, 이번엔
보리밭에 숨겨 논 꼴망태를 찾을 수 없었다
어디에 숨었나 눈앞에 보이는 천지는 보리밭
잔인한 봄날 해거름 녘까지도 못 찾고 집으로 들어서니
내 행색을 보시고 아버지 삽짝문을 걸어 잠갔다
쫓겨나 배는 고프고 날은 저무는데
문밖에 한참을 쪼그려 있자니
그래도 엄마가 몰래 나오셔서 문을 열어줘
부엌방에 들어 허기를 채우니
어둠이 담요 한 장이 되어 나를 덮었다

막 든 잠에서
「다시는 교회 따라가지 말자」
중얼거렸던 기억은 지금까지도 또렷하다

미스김 라일락

어느 누구의 실수로 끼어들었을까
봄 무르익는
청사 올라가는 영산홍 꽃길에
해마다 맨 먼저 나와 미소 짓는
진보라 빛 꽃 한 그루

민달팽이

오늘밤도
천 원짜리 왕대포집에 단골 술꾼들 왁자해
삐거덕거리는 나무의자 사이로
후두두 빗방울 소리 숨는다

민짜, 민짜로 살면서
웃음이라도 상속해야 하는 남정네들
거미줄 같은 인생사는 술술
청승맞은 술 방울 뚝뚝
고단한 하루 수직으로 떨어진다

뜯어보자 반반한 주모의 말품은 명품
막걸리 한 사발 더 불러놓고
실없는 눈짓 주모만 집적거리다가

오늘 받은 막걸리 동나는 줄 모르고
듣다보면 같은 말 밤새는 줄 모르고

젖어 있는 눈

밤(栗)

문디 가시나, 내 그럴 줄 알았다
유월에 분 바르고서는 밤마다 일내사터니
옆에 오도 몬하구로 콕콕 찔러대더니
하나 두울 서이… 도대체 몇이고

토실토실, 아~들도 잘 놓는기라!

밤길

쓰레기처럼 버려진
나의 저녁이 구겨진 채 내려와
발 딛는 곳마다 낯선

이어졌다가 다시 끊기는
과거를 향해 추억을 불러내던 노랫가락이
멀리 가지 못하고 오래 가지도 못하는

서로를 정리하고 돌아가는 여정에
숨 막히고 가슴이 찢어져도
내 생의 기저에 돋아 군생(群生)하는

아포리아

벌초

주인도 모르는 산소에 소를 풀어놓고
함께 메뚜기 잡던 그 소녀는
지금 무얼 하고 있을까

선풍기 날개처럼
섬뜩하게 돌아가는 저 칼날이
내 몸 어딘가를 덮칠지도 몰라
바짝 긴장하고 기계낫을 돌려야 한다
연장의 탈바꿈은 편해서 좋은 것도 있지만
가끔 사람을 서툰 인물로 만들지

처서 지난 여름 끝
장마와 가뭄을 버티고 억세게 웃자란 잡풀들이
문명의 칼끝에서 춤을 추고 풀벌레들 파도를 타네
그래, 오늘은 너희들도 이사하는 날
널브러져 태양빛에 꼬인 잎새들 걷어내니
조상의 뜨락이 다 간정(乾淨)하다

저기 풀 더미 쪽
짝짓기 하고 있는 방아깨비 한 쌍
툭 툭 툭
무겁게 내려오는 산그늘을 떨어내고 있었다

함께 놀던 그 소녀는 지금
어디에 있을까

백 리를 가는 자는 구십 리가 반이다

(行百里者 半於九十*)

이제 막 발걸음을 뗀 그대
시작이 반이라더니
중천에 걸린 해를 피해 정자나무 찾네
벌써 그늘 그리웠는가
나무는 종일 쉬어갈 줄 모르고 물을 잣아 올려 숲을 이루나
그 가는 물길도 감춘다네
세월에 긁힌 자국 굳은살 져도
그저 제 갈 길 멀다 길을 떠나네
그대, 일어서시게나
언제까지 지나온 길에 웃음을 깔려는가
아직 한참을 더 가야 하는 그대

백 리를 가는 자는 구십 리가 반이라네

---

* 行百里者 半於九十 행백리자 반어구십 (출전:戰國策)

비 오는 날

별들이
모처럼 귀를 씻는 밤
갑자기 나는 왜
술이 땡기지?

빈집 소묘(素描)

늘 다니는 길, 옆 외딴집은
개발바람에 올라선 8차선 신작로 때문에
분화구처럼 움푹 패어버려 논마지기와 대밭 사이에
지금은 여남 통의 허름한 벌집 거느리는
사립도 없는 폐가입니다
죽었는지 떠났는지
몇 년째 벌 한 마리 보이지 않는, 빈 마구간 옆으로
산에 길을 내어 다니는 사람들이
가끔, 밭일하는 주인처럼 측간을 드나들어
언뜻 보기엔 사람 사는 집
웃으면 따라 웃고, 눈물은 닦아주고, 외로우면 보듬었을
쭈그린 채 공허한 이 집, 내일 헐린답니다
부득불, 한 영혼이 소천(召天)한다기에 인적 드문 저녁
조심스레 촛불 하나 들고 마지막 조문객으로 들었습니다
오래 격리되어 곰삭은 고독이 낯선 침입자의 숨통을 잡았고
널브러진 공간을 검색하는 촛불도 이내 소름 돋습니다
천천히, 아주 천천히 물레처럼 도는 객(客)이
주인이 떠난 물증인 듯한 2007년 4월, 농사달력 앞에 서니
한창 일철을 앞두고 집을 비운 것 같습니다
달력 위로 눈을 드니 둥근 침(針)통처럼 붙어 있다가

덕지덕지 거미줄에 포획된 벽시계의 시간은 11시 43분
정오인지 자정인지에 올라서지 못해 끙끙거린 시간의 미라가
유리관 속에서 자못 처량해 보입니다
숱한 사연들 두고 떠나는 모습치고는
고태의연(古態依然)하다 할까요

3부

빛의 속성
– 詩「괴물」을 읽고

빛의 눈은 시력을 가늠키 어렵다
내 마음도 자주 들키어 눈가에 자주 어리니

숨기고 싶은 자여, 숨고 싶은 자여!

세상에 숨을 곳은 없다
빛은 언제나 밝음이 지나치니

四季의 뒤안

봄은 애써 생기를 불어넣고
여름은 옷을 입혀 막무가내 키우더니
이내 가을로 접어들며

옷을 벗기려 드네!

잎이 다 지고만 나무처럼
가진 것도 줄 것도 없는 겨울, 저만치
계절의 행간마다 숨고르기 힘들었던

내가 서 있네!

사실은

이별 후 가장 혹독한 것
한동안은 무모한 그리움이었어

그러나

시도 때도 없이 찾아와 잊지 못하는 것
네가 아닌 추억이었어

상처 말리기

그리움에 눌린 멍든 자리
달빛 사라질 때까지 호호 분다
가랑비 다가와, 오늘밤
비가 흠뻑 내릴 거라고 중얼거렸지만
추억은 어제가 더 아파서
아침이 와도 오늘은 아닌 상처
풀 꼴로 휜 하루 입김으로 편다

생(生)

옆에 나 있는
풀이 살면, 너도
산다

석별(惜別)

비가 내리네!

울면서 가는 여름 돌아서니
너 없는 세상에 가슴으로 치닫는
첫 가을이다

보내야 하는 나는 너를 못 잊고
너는 나를 쉬 떠나지 못하니
내 마음 한구석에 입주한 뭉턱한 그리움의
덧장이여!

잠 못 드는 지붕에 내리는
빗물이여!

섬

자주 외롬 탄다

주변에 섬들이 많이 있어도
스스로 다가가지 못해
안달한다

사람이라 다를까

성기(成基) 1996

고향친구라 이틀이 멀다하고 찾아가도
금고에서 마누라 몰래 간당간당 일금 만 원 빼내가
'밥 무로 가자!'던 친구
죽기 살기로 돈 벌어
죽도시장 입구 젤 목 좋은 곳 건물 사서 장사하다
얼마 전 세상을 버린 소학산(巢學山) 불알친구

소한(小寒)

까치 한 마리
소복(素服)입은 수양매 위에 앉았네

진득하게 앉아있지도 못하는
깐중하기 이를 데 없는 저 새는
요리조리 무엇을 기웃거리는지

쌓인 눈이 무거워선가
길게 늘어뜨린 가지가 한 번 더 휘어서
바닥까지 닿은 매실가지는
또 무엇을 찾고 있는지

이 설한(雪寒)에, 둘이서
살 맞대고 무엇을 기다리는지

신(神)들의 맴맴 1

지상에 재앙이 내리면 갑자기 눈이 멀고
지성(至誠)으로 올리는 기도는
너무 멀어서 일까, 아예 들리지도 않는다
입은 다물수록 신위(神位)가 보장되니
—사실 벙어리가 된 역사는 꽤 깊다—
내놓고 말할 필요도 없어
숨어서 구경만 하는 무례함 때문에
우러러 믿었던 보통 사람들의 그림자가
내내 방황하며 울고 다녔던 세상, 지금도
울부짖는 천둥은
하늘에 숨어 있는 神들에게 보내는
엄한 징벌 아닐까

하늘이 찢어지거나 말거나
고추 먹고 맴맴!

신(神)들의 맴맴 2

오늘은 우리
「제비」구경이나 갈까

아뿔싸! 제비가
벌써 일본 열도를 통과하네!

간사이(関西) 공항을 순식간에 쓸어 엎어
예정론(豫定論)을 믿는 자들은
우리가 기획한 예고된 참극이라 수군거리겠지만

우리는 전혀 모르는 일
무자비한 자연의 횡포가 남긴 흔적일 뿐

담배 먹고 맴맴!

어떤 평화

추운 겨울 한낮, 비둘기 세 마리
노인들 담소하는 햇볕 속으로 들어가
바닥에 떨어진 어눌한 단어들을
쪼아 먹고 있네

일행이라도 되는 것처럼
노인들 가랑이를 걸어서 또는 깡충 뛰어서
지나다니는 행세가 처음은 아닌 듯

아까부터 햇살이 통째로 웃는
비둘기 아파트

실비아 플라스*의 오븐

오븐 속에는
마지막 사랑이 부풀고 있었다

죽도록
사랑했던 유명인의 아이들에게 베풀
엄마가 마지막으로
굽는 빵

어둠을 깨물고 살았어도 사랑하였으므로
아름다운 시절
노을보다 행복한
잿빛 시를 산란하는 아침

어제처럼 강물은 흘러
푸른 영원을 꿈꾸던 세기의 詩
안개 속에 고독한 겨울 묻고 떠나네

온몸에 퍼져 있는
미완의 시들이 타들어가는
마지막 유산,

식탁 위
부풀어 있는 침묵 두 조각
그리고 밀크

---

* Sylvia Plath (1932–1963)영국의 계관시인, Ted Hughes(1930–1998)의 아내, 여성 시인.
  나이 32세에 가스오브렌지에 머리를 넣어 자살했지만 처음 자살을 시도한 것
  은 9살 때였다.

아침 5시 근처

여명이 아직 하늘에 누워있는 시각

목이 좋은 곳에 자리를 잡아
고요를 산책하는 사람들의 귀를 씻는 쓰르라미는
매미보다 먼저 나와 짝을 찾는 중

아침 더위를 먹었을까
제 한 몸 건사하겠다고 이 시간대를 걷는 사람들 따라
저만치 땀 흘리며 공원길을 빠져나가는
8월의 첫 주

가지 끝에서
기지개를 켜며 나누는 인사로 어둠을 털어내는 나무들
그 어둠이 떠나는 자리마다 땀인지 이슬인지
신발 끝은 젖어 개운한

세상에서 제일 맑아 보이는 아침

어청도(於靑島) 사내*

푸른 전설의 기억이
스멀스멀 썰물처럼 빠져나갈 즈음
그 전설과 닿아있는, 영혼이
어청도 바닷물만큼이나 맑은 한 사내가 떠올랐다
접시에 바다를 올려놓고 파도보다 큰 소리로
파도 한 점 드셔보라고
테너 급으로 건배를 외치던
파도에 취하고, 음악에 취하고
천상병의 막걸리에 취해
외로운 섬 하나 되어
누워있던 그 사내

---

* 군산 어청도에서 은하수 펜션을 운영하고 있으며, 작곡가로도 활동 중인 이종선 님

어청도(於靑島) 유감

등대 아래쪽 풍광이 절경이라
바짝 긴장을 하며 한 컷 눌렀다
들여다보니
어청도라는 이름이 그냥 붙여진 게 아니라는 듯
숨 막히게 아름다웠다
일행에게
내 얼굴이 잘 나오도록 한 컷 부탁했다

돌아와 나는, 그 이미지를
지웠다

얼굴무늬 수막새(人面文圓瓦當)

암막새와 골을 이룬 처마 끝 물길
삼동(三冬)에 고드름 날 세우던
작은 얼굴무늬 막새기와

투박하게 빚어낸 수줍은 민낯
문지르고 비빌 턱은 또 어디로 갔을까
슬며시 연 입 다물 줄 모르고
그냥 웃기만 하시는지

낼모레가 설인데
식구에게 돌아갈 집 떠난 도공(陶工)의
설렘이었나!

천 년의 향기를 물고 있는
지름 14cm 안의 팽팽한 미소

「요나*」의 박 넝쿨

그는 이웃 시가지가 보이는 언덕에
초막을 지어놓고 망을 보며 소임을 다하는 척했다
흙먼지에 불이 붙을 듯 이 도시의 폭염은
숫제 무슨 형벌이다 몰래 다니던 바람도 숨어버렸다

신의 진노가 임박했음을 부르짖고 올라왔지만
(애초에 神은 이 도시를 구원코자 「요나」를 보냄)
악행을 일삼는 이 도시가 뉘우치기란 글렀으니
박이 싹을 틔우고 올라와 넝쿨이 된 그늘 아래에서
그는 머지않아 불타버리고 말 거라는 믿음으로만 예의 주시했다

그러나 혼자 콧노래를 부르던 그의 믿음은 하루아침에 빗나갔다

사흘 낮 사흘 밤 물고기 뱃속에서 절어있던 비린내가
그의 몸에서 채 날아가기도 전에
이 도시는 죄악을 뉘우치며 삼베옷을 입었고
누구 하나 물 한 모금 입에 대는 자도 없었다

_____

* 구약성경 「요나書」에 나오는 선지자 이름

불현듯 박넝쿨은 시들고 따가운 광채는 그의 시력을 앗아가 버
렸다
그는 더 이상 망을 볼 수가 없었고 또 망을 볼 필요도 없었다

연흔(漣痕)

삶과 마주했던 인연들 소리 없이
하나둘 낙엽처럼 떨어지고
이제 빈 몸으로 바람 아래 눕네
어느 불편한 자리의 어색한 웃음이
마음과 몸을 잡아주지 못하던 기억들은
물살로 지우고 또 지웠지만
밀리거나 또는 쓸려 다니다가
작은 그리움 하나 잡지 못한 것은 또 무슨 굴욕인지
젖은 추억 훌훌 털어서인가
(바람의 입김을 빌어)
출렁이는 머리가 마른 문때처럼 일어나는 저녁
세상 어디 불빛이 내 이마에
먹줄 놓는 소리

여름밤

우리 땅콩이나 까먹을까요
껍질이 좀 거칠고 투박하지만
꽉 찬 속 한 번 보세요
바깥을 향해 비스듬히 속을 채울 대로 채운
그래도 살빛 풍만한 것, 당신
먼저 드세요
세상에! 캄캄한 어둠에 길든 알알이
내외하며 부끄럼도 타네

오늘은
우리 이렇게 누워볼까요

오동도 동백

방파제 어디쯤인가부터
너의 발소리 함께 숨소리 들렸다

먼 길 돌아와
파도처럼 밀려오는 군중들, 틈에서
너의 목소리도 들렸다

땀이 송송 밴 이마로 다가와
눈이 마주쳤을 적에는
혼자 가슴이 쿵쿵거렸다

네가 바람골로 내려섰을 때
그때는, 나도 바람이고 싶었다
정말이지

너를, 따라가고 싶었다

왼팔 하나

키가 나지막한 그는
좀 특이하다

왼팔 하나로 새벽을 열고
왼팔 하나로 신문을 가득 싣고
왼팔 하나로 오토바이를 타고
왼팔 하나로 신문을 배달하고
왼팔 하나로 현관문을 열고
왼팔 하나로 아침을 먹는 그는

사람의 행복은
다 갖고 있어 보인다

4부

운명(運命)

깨어지는 것은 유리의 운명이다*

녹는 것은 얼음의, 닳는 것은 조약돌의,
재가 되는 것은 숯불의, 소멸하는 운명이다

모성(母星)에 다가서지 못하고
영원히 곁을 맴도는 짝사랑은 위성의 운명이다

매를 맞는 것이 팽이의 운명이라면
욕을 먹으며 매도 맞는 것은
이 나라 위정자의 운명이다

─────────

* 프랑스 속담

이상한 봄(亂春)

삼월이 숨 가쁘게
사월로 치닫는 어느 날
난데없이
함박눈이 오다가, 비 내리다가
눈비가 한꺼번에 또는
눈만 내리다가, 비만 내리다가
지쳐있는 길, 을
착각하던

장마

비는 잠시
그치고
내 생각은 영영
잠기고

장사초 일고(長沙草 一考)

중국 땅을 밟고 왔다는 사람이 건네준
백사연(白沙煙) 한 개비 물었는데
중국, 중국사람, 중국 인심이 한꺼번에 요동친다
독한 담배 연기가 따갑게 목 안으로 내려가서는
다시 향연(香煙)으로 빠져나오는 꼴을 보면서
이 담배 한 개비에도
중원의 속셈이 숨어 있는 것 같아 침을 뱉었다
호남성, 장사시, 백사집단*에서 만든
피우다 만 백사연 꽁초를 발로 뭉개면서

---

* 집단(集團) : 그룹, 大企業

절물 까마귀

천 리 먼 곳에서 내려왔거늘
목소리라도 가슴에 담아가야하거늘
새벽과 아침의 경계에서 너의 침묵은
고요를 더욱 고요하게 하느니

주남지 겨울 정경

세웠던 옷깃을 내리고
목을 죄는 셔츠 윗 단추를 열었다
조금 전, 우포 갈대숲에서 극성이던 한파가
주남지에 내려와서는 꼬리를 내리네!

남쪽의 남쪽에 있는 저수지엔 손님도 많아
망원경에 눈이 붙은 아이들 하늘만 쳐다보고 철새를 찾네!
얼음이 녹는지 옛날에는 이무기도 살았을 부연 하늘같은 늪
지나가는 바람 미끄러져 엉덩방아 찧고 얼른 숨을 곳을 찾지만
먹이 찾아왔다가 지켜보던 쇠기러기 어이없어하고

군데군데 얼음이 풀린 곳이 있어도
무엇이 두려운지 자맥질도 못하고 속들 태우시는
철새들, 젖지 못하는 부리

허기진 나그네들
둑길 넘어 논밭으로 들어가 투정부리며 무엇을 찾는지
부리로 밭을 매고 있네!

죽(粥)

따뜻한 수평이다
으깨고 뭉개어 내가 사라진
누군가에게 주어질 잔잔한 이바지

그 수평, 따뜻하다

차천(車川)[*]에서

겨울 해가 숨어서
울다가 저물었는지, 비는 뚝 그쳤고
무엇을 감출 수 있는 어둠은
늘 다정하게 왔다
더러는 오고 더러 떠나지만
저녁부터 속삭였던 별들이 뭍으로 내려와
소금쟁이처럼 놀다가 물빛 아래 숨는 새벽
반갑지도 서럽지도 않는
만남과 이별이 다시 깨어나는 곳
차천, 평야가 물을 마시면서
하루가 열린다

---

* 차천은 달성군 현풍면의 원교리, 유가면의 유곡리, 구지면의 가천리 등 한 마을에 3개面 3개里가 조금씩 다 들어가서 생긴 마을 이름.
車川이란 과거 牛馬車가 지나다니던 야트막한 하천 또는 그 하천을 중심으로 생긴 마을의 통칭(通稱).

참기름 한 병

참기름 한 병 들고 집으로 갑니다

구십이 다 된 큰누나가
언제 방앗간에 부탁해 만든 참기름 병
어디다 두었는지 도무지 생각이 안 난답니다
한 병은 막내를 주겠다고 신문지로 단디 말아서
꼭꼭 챙겨 논 참기름 병
가져가란 말이라도 했으면 진작 찾아봤을 텐데
요즘 들어 깜박깜박 잘 잊어버립니다
집 안 구석구석을 다 뒤져봐도
어디 두었는지 모르겠다고만 하니, 저승사자가 내려와
노인의 기억을 먼저 데려갔을까요
마침, 오늘은
'참기름 한 비 니 운제 가갔노' 하기에
비로소 싱크대 맨 안쪽에 얌전하게 선
참기름 한 병 금방 찾아냈습니다

눈시울 젖어 집으로 돌아가는 길
보일 듯 말 듯, 눈물이
참기름처럼 볼을 타고 내립니다

책보

책과 공책을
가지런히 싸서 말았던
고학년이 되어서는 도시락을 같이 쌌던
발걸음도 가볍게
필통소리 노래 같았던
점심을 먹으려고 펴 보면
김치 냄새 진동했던
난생 처음으로 엄마가 미웠던

울긋불긋 세계지도
한 장

첫사랑

군대를 갔다 온 후
만원버스에서 우연히 그녀를 만났다
손잡이를 잡고 선 우리는 한참을 얘기했다
무슨 좋은 일이 있는지
요런조런 얘기를 쏟아내는 모습이
이전보다는 더 이뻤다
내리면서 봉투 하나를 내밀며 말했다
'이번 일요일 결혼식인데, 올 거지'

순간, 차가 몹시 비틀거렸다

패랭이꽃

당신을 새까맣게 잊었으니
기다리지도 않았습니다

눈길로 날 스쳐 지날 때 이는
작은 바람을
잠시 따라간 적은 있습니다

당신은
뒤를 돌아보지도 않았습니다

톨 강변에서 보내온 편지

그대, 자이승 기념탑에
비가 내립니다
함께 거닐던 안개 낀 톨 강변도
비에 젖어 흐르고

우리가 그랬듯
이마를 적신 나뭇가지들
강기슭에 손 담그고 물장구를 치는군요

지평선 너머 쌍무지개 섰는데
'다시 온다'
손가락 걸었던 그대, 성큼성큼
걸어오는 듯도 하네요

먼저
초원으로 달려가
올가*를 세울까요, 그대

---

* 올가(ypra) : 몽골에 관한 재미있는 이야기가 하나 있는데 바로 '올가'다.

'올가'는 우리말의 '올가미'와 같은 뜻으로 본래는 짐승을 길들일 때 혹은 잡을 때 쓰기 위해 막대기에 밧줄로 고리를 단 것이다.

몽골의 청춘 남녀가 풀밭에서 사랑을 나눌 때는 어떻게 할까? 사람이 사는 곳이니 무슨 일이 안 생길까. 하지만 몽골 초원은 눈길이 끝나는 데까지 구릉이 없어 지평선만으로도 신기루가 생기는 땅. 게다가 유목민들의 시력은 4.0에서 5.0에 이른다. 불타는 열정을 어떻게 할까? 이때 사용하는 것이 바로 '올가'다.

청춘 남녀는 말을 타고 사람들이 없는 곳으로 가서 이 '올가'를 땅에 꽂아 놓으면, 이를 본 몽골 사람들은 근처에 얼씬도 하지 않는다. 수천 년을 지속해 온 유목민의 삶이 만들어낸 자연스러운 약속이고 예의의 신호다.

통 큰 나무
– 시간은 아픔을 꿰매고 세월은 상처를 잊는다

육이오가 한창일 때
누가 작심하고 조준이라도 한 듯
포 한 방에 뻥 하고 뚫려
턱밑까지 불탄
200 년도 넘었다는
고향집 아름 반 감나무는 요즘도
실한 아랫도리가 한 번씩 휑하니 시립니다
삽시간에
타원으로 달아난 몸, 이 두고 간 터널 둘레엔
구석구석
하고 싶은 말들이 이끼로 돋아서
그을린 굴욕을 감췄고
아픈 상처는 언제 잊었는지
아프긴 했는지
수피(樹皮) 끌어댕겨 다부지게 말아 붙인
생사의 경계, 아직 고스란해
보름달이 지나가도 넉넉한 가슴속으로
연두색 바람
새벽을 밟고 올 즈음
층층이

층층층 아문 기억들 질긴 잎으로 밀고나와
여전히 지붕 위 함박웃음으로
꽃핀답니다

통발

덩치 큰 해가 발을 들여 놓으면 빛은 가두어져 옴짝달싹 못하고 영원한 어둠에 잠기겠지.

신이 걸려들면 믿음의 세계가 지옥을 향해 바로 직행함을 뜻하는 여긴, 발버둥 치고 미끼를 토해내도 용서가 안 되는, 예외 따윈 없는 도저한 영역. 아뿔싸! 누구나 한 번쯤 이 위험천만의 입구에서 아차 했던 순간, 왜 없었으랴!

삐끗하다간 나라(國)도 통째로 걸려들, 입안이 환하다 못해 아찔하다.

하늘목장, 몽골

고향의 흔적은 지우고 양떼를 몰아 풀만 따라가다가
드넓은 초지에 발길 닿아 새 둥지 틀면
하늘 금세 내려와 지붕 열고 별을 쏟는 저녁이네!

하얀 밤 저어가는 조각달 속으로 지친 하루를 들이고
광야의 언덕에 다시 젖은 새벽이 내리면
대지를 가로지르는 함성, 고독을 채찍질하네!

척박한 땅, 얼어붙은 계절이 녹아
물줄기를 내고, 습지가 절로 번식하여
배고픈 양들의 우리(牟) 너머
언 땅 기대고 돋아나는 초장이 푸른 날갯짓하는

입만 있어도 살 수 있는 세상이 또 열리고,

헛간

아버님 기제를 모시고 디딜방아와 헛간이 딸린 해묵은 사랑채
뒷켠으로 나왔다.
자정을 막 넘긴 이 작은 공간은 늘 어둠보다는 더 컴컴하지만
한참을 보고 있자니 연장들이 어둠을 헤집고 하나씩 눈에 들어
오기 시작한다.

담벼락에 기댄 지게 사다리 쟁기 괭이 곰배 수군포 소시랭이,
맨바닥에 삼태기 둥기미 오줌추마리 재무덤 옆에 누운 곡괭이,
맞은 담벼락에 걸린 얼기미 광주리 소쿠리망태 치, 실겅에 누운
도리깨 까꾸리 장대, 아직 새끄데이 둘둘 말린 묵은 대빗자루.

이 고요한 역사는 얼마나 오래 갈 것인가.

보릿고개 가난을 갈아엎고 풍요를 일구던 연장들이 고스란히
한 자리에 모여서 떠난 지 오랜 주인을 아직도 기다리는구나.
어쩌면 이 밤 옛 주인 몸소 나시어 때 묻은 연장들을 하나하나
손보고 계실지도 모를, 골동품처럼 잘 정돈된 헛간.

---

* 곰배: 고무래
수군포: 삽
소시랭이: 쇠스랑
둥기미: 둥구미
오줌추마리: 오줌장군
얼기미: 눈금 굵은 체
치: 키
실겅: 시렁
까꾸리: 갈쿠리

해설

맑은 세상을 꿈꾼
시인이 만든 까치집

이승하(시인·중앙대 교수)

맑은 세상을 꿈꾼 시인이 만든 까치집

이승하(시인 · 중앙대 교수)

시인 김안로는 경남 합천군 덕곡면에서 태어난 촌사람이다. 약력에 밝혀놓았듯이 고교 재학 시 교내 백일장에서 시조 부문에 가작 입상한 것이 시인이 된 계기가 되었나 보다. 조금은 늦깎이라고 할 수 있는 나이 쉰에 등단하여 등단 15년 만에 첫 시집을 엮게 되었다. 경북대학교를 나왔다고 하는데 무슨 학과를 나왔는지, 어떤 일을 하면서 지금까지 살아왔는지 약력에는 나와 있지 않으므로 알 길이 없다. 사실상 지금까지 이 시인의 이름을 문예지에서 본 적이 없고 전화 한 통화도 한 적이 없다. 보통은 해설을 써주기로 한 사람에게 시인이 전화 한 통화쯤은 하는 것이 상례인데, 김 시인에게는 그것마저 오히려 거추장스러울 수도, 쑥스러운 일일 수도 있다. 믿노라 하고 사람을 대하는 촌사람의 방식이기 때문이리라. 나 역시 경북 의성군 안계면에서 태어나 김천에서 자란 촌사람이기에 이런 무뚝

뚝함이 이해가 간다.

구십이 다 된 큰누나가 기억력이 많이 떨어져 "막내를 주겠다고 신문지로 단디 말아서/ 꼭꼭 챙겨 논 참기름 병"을 어디에 두었는지 모르겠다고 한단다. 큰누님은 막내에게 "참기름 한 비니 운제 가갔노"라고 물어보았지만 실은 싱크대 맨 안쪽에 잘 보관되어 있었다.

눈시울 젖어 집으로 돌아가는 길
보일 듯 말 듯, 눈물이
참기름처럼 볼을 타고 내립니다

−「참기름 한 병」 제2연

참기름 병을 들고 돌아오는데 큰누님 생각에 눈물이 참기름처럼 볼을 타고 내린다. 촌사람이 촌사람답게 비유법을 구사하고 있다. 과연 참깨 몇 알갱이를 짜내야 참기름 한 방울이 될 것인가. 병 하나에는 몇 방울의 참기름이 들어 있을 것인가. 누나의 신산한 삶을 모아 짜낸 참기름 한 병에는 화자가 흘린 눈물방울로는 감히 계산조차 못할 아픔이 압축되어 있었으리라.
시집의 제목이 된 시를 표제시라고 하는데 '人面文圓瓦當' 즉, 「얼굴무늬 수막새」가 표제시다. 얼굴무늬 수막새가 발견된 것은 일제 강점기 때였다. 경주의 영묘사지(현재 사적 15호 흥륜사지)

에서 출토된 신라시대 기와의 한 종류인데 연꽃무늬를 새겨놓은 일반적인 수막새와는 달리 사람의 웃는 얼굴이 아름답게 새겨져 있어 '신라의 미소'라고도 불린다. 틀을 만들어 찍어낸 것이 아니라 사람이 직접 손으로 빚은 얼굴무늬 수막새는 이것이 유일한데 보물로 지정되었다. 이것이 시인의 손에 의해 어떻게 다시 빚어지고 있을까.

암막새와 골을 이룬 처마 끝 물길
삼동(三冬)에 고드름 날 세우던
작은 얼굴무늬 막새기와

투박하게 빚어낸 수줍은 민낯
문지르고 비빌 턱은 또 어디로 갔을까
슬며시 연 입 다물 줄을 모르고
그냥 웃기만 하시는지

─「얼굴무늬 수막새」 전반부

기와지붕의 마루 끝은 수막새와 암막새로 마감하는데 꽤 멋을 낸다. 그런데 희한하게도 웃는 사람의 얼굴로 수막새를 만든 것이 천년 세월이 지나서 발견되었다. 백제인의 얼굴이 금동관음보살상이라고 한다면 신라인의 얼굴은 바로 이 얼굴무늬 수막새라고 할 수 있다. 전자가 불교적 깨달음이 가져다준 열반의 미소라면 후자는?

낼모레가 설인데
식구에게 돌아갈 집 떠난 도공(陶工)의
설렘이었네!

천년의 향기를 물고 있는
지름 14cm 안의 팽팽한 미소

　－「얼굴무늬 수막새」 후반부

　이렇듯 재미있는 상상을 해보았다. 차출이 되어 매일 일만
하던 그 시대의 도공이 설을 앞두고 오랜만에 집에 가게 되었
다. 기분이 좋아서 장난삼아 엉뚱하게 자신의 웃는 모습을 수
막새에 새겨놓지 않았을까, 시인은 상상해본 것이다. "천년의
향기를 물고 있는/ 지름 14cm 안의 팽팽한 미소"는 화룡점정
이다. 족히 천년은 땅속에 있다가 발굴된 얼굴무늬 수막새 탄
생의 비밀을 상상하는 시인의 상상력은 범상함 속에 비범함을
감추고 있다. 설을 앞둔 어느 날 식구에게 돌아갈 꿈을 꾸는 도
공의 설레는 마음이 천년이라는 시간을 넘어 고스란히 전해지
는 듯하다.
　또 한 편의 의미 있는 시가 있다. 시인 실비아 플라스의 자살
을 다룬 시로, 김안로 시인은 실비아 플라스의 자살을 다분히

현실적인 시각으로 바라보고 있다.

오븐 속에는
마지막 사랑이 부풀고 있었다

죽도록 사랑했던
유명인의 아이들에게 베풀
엄마가 마지막으로 굽는
빵

어둠을 깨물고 살았어도 사랑하였으므로
아름다운 시절
노을보다 행복한
잿빛 시를 산란하는 아침

― 「실비아 플라스의 오븐」 전반부

잘 알려져 있다시피, 미국의 여성시인 실비아 플라스는 남편인 테드 휴즈와 헤어진 이후 뉴욕의 한 허름한 아파트에서 두 아이와 함께 살아가고 있었다. 때는 2월 11일, 꽤 추운 겨울날씨였다. 가스오븐에 머리를 처박고 자살했을 때 그녀의 나이는 불과 서른두 살이었다. 그 오븐으로 아이들에게 쿠키를 구워 주기도 했을 것이고 칠면조를 조리해 주기도 했을 것이다. 그런데 웬일인가, 자살의 도구로 사용하다니. '죽도록 사랑했던 유명인'

은 그 당시에 이미 유명했고 나중에 계관시인이 된 테드 휴즈다. 세상 사람들은 실비아 플라스가 남편의 외도에 따른 별거, 그 이후의 우울증과 생활고로 괴로워하다 자살한 것으로 알고 있지만 자세한 내막을 어찌 알리오. 다만 실비아 플라스가 남긴 일기가 있어서 페미니즘의 선구적인 인물 중 한 사람으로 그녀를 지목하는 경우가 있다. 김 시인은 시의 전반부에서 그녀의 자식에 대한 사랑과 시에 대한 열정을 이야기하고 있다. 후반부에 가서는 반전을 시도한다.

어제처럼 강물은 흘러
푸른 영원을 꿈꾸던 세기의 詩
안개 속에 고독한 겨울 묻고 떠나네

온몸에 퍼져 있는
미완의 시들이 타들어가는
마지막 유산.

식탁 위
부풀어 있는 침묵 두 조각
그리고 밀크

— 「실비아 플라스의 오븐」 후반부

생애는 짧았지만 남긴 시의 편수는 수백 편이다. 별거 이후 한 달에 서른 편을 쓰기도 했다. 두 아이가 있었지만 그녀는 고독했다. 세 식구가 살아가자면 돈이 필요했는데 그녀는 뚜렷한 수입원이 없는 상태로 시만 쓰고 있었으니 생활이 제대로 영위되지 않았다. "부풀어 있는 침묵 두 조각"은 두 아이를 상징한 것으로 보인다. 밀크는 성장기의 아이에게 필요한 어머니의 사랑을 상징하고 있다. 이것을 아이들에게 주기 위해 몸을 아끼지 말아야 할 어미가 자기 고민에 매몰되어 자살을 하고 말다니! 자, 여기서 김 시인은 실비아 플라스를 비판하고 있는 것일까. 아니면 그녀의 현실인 별거와 자녀 양육에 대해 그 책임을 테드 휴즈에게 묻고 있는 것일까. 시 제목의 '오븐'에 김안로 시인의 인생관이 실려 있다고 본다. 오븐은 가족이 먹을 빵을 구워냈던 도구였으나 실비아가 거기에 머리를 처박아 절명함으로써 더 이상 가족을 위해 내놓을 빵이 없는 비극적 현실을 표상한다. 자식들을 위해 몸으로 살아내야 할 어미가 빵이 되지 않는 시나 끼적이면서 점점 피폐해지는 정신과 죄책감을 견디다 못해 자살한 정황을 이해하려는 것이다. 실비아는 아이들의 어미였으나, 쓰다 만 시들이 그녀를 영원히 시인이게 한다. 빵과 시 사이, 즉 물질과 정신 사이 어디쯤에 있었던 테드 휴즈가 사라지면서 실비아는 '정신' 쪽으로 과도하게 기울어진 시인이라는 사실을 증명하고 만 사건이었던 것이다.

주운 겨울 한낮, 비둘기 세 마리
노인들 담소하는 햇볕 속으로 들어가

바닥에 떨어진 어눌한 단어들을
쪼아 먹고 있네

일행이라도 되는 것처럼
노인들 가랑이를 걸어서 또는 깡충 뛰어서
지나다니는 행세가 처음은 아닌 듯

아까부터 햇살이 통째로 웃고 있는
비둘기 아파트

  ─「어떤 평화」 전문

  시의 내용은 사실 별게 없다. 아파트 단지 내 공터인지 벤치인
지 노인 몇 사람이 추운 겨울 한낮에 모여 담소를 나누고 있다.
그곳에 비둘기 세 마리가 나타나 "노인들 가랑이를 걸어서 또는
깡충 뛰어서/ 지나다니고" 있을 따름이다. 노인들이 비둘기들
을 쫓아내지 않으니 비둘기들도 별다른 경계심 없이 "일행이라
도 되는 것처럼" 행동하고 있다. 이런 광경을 보고 시인은 "햇살
이 통째로 웃는/ 비둘기 아파트"라고 표현했다. 이렇듯 김안로
시인의 시는 밝고 따뜻하다. 이런 시는 맑기까지 하다.

여명이 아직 하늘에 누워 있는 시각

목이 좋은 곳에 자리를 잡아
고요를 산책하는 사람들의 귀를 씻는 쓰르라미는
매미보다 먼저 나와 짝을 찾는 중

(……)

가지 끝에서
기지개를 켜며 나누는 인사로 어둠을 털어내는 나무들
그 어둠이 떠나는 자리마다 땀인지 이슬인지
신발 끝은 젖어 개운한

세상에서 제일 맑아 보이는 아침

—「아침 5시 근저」부분

　도회지에 있는 공원의 이른 아침 풍경이다. 산책하는 사람들
이 있고 기지개를 켜며 인사하는 나무들이 있다. 이 아침이 이
렇게 맑으니 세상이 얼마나 평온한 것인가. 김 시인이 매일 아
침 접하는 세상의 소식이란 공직자의 부정부패, 가족 간의 살
상, 먼 나라의 전쟁 같은 것일 테지만 시인 자신마저 그런 사건
을 되새길 생각은 없다. 세상에서 제일 맑아 보이는 이 아침을
예찬하고 싶을 따름이다. 아마도 김 시인이 제일 좋아하는 시인

은 천상병 시인이 아닐까. 동베를린사건 당시 혹독한 고문을 6개월이나 받고 나와 생식기능을 잃고 만 천 시인이었지만 출소 이후에 오히려 맑고 밝은 시를 썼던 만큼, 그의 해맑은 시정신을 흠모하고 있었던 모양이다.

　지금, 대밭 사이를 스치는 바람 숨죽이고 섰는데
　눈 맞추며 지저귀는 저 새소리는
　누구의 목소리입니까

　그토록 그리던 하늘나라에 막걸리는 있습니까
　술친구도 있습니까
　구수한 담배는 쌓아놓고 드십니까
　그나저나
　하늘나라는 살 만합니까

　　－「귀천 詩碑 앞에서」 후반부

　천상병의 시 「귀천」을 모티브로 하여 쓴 이 시에서 김 시인은 하늘나라에 있는 천 시인에게 안부를 묻고 있는 듯하지만 해설자는 다르게 해석하고 싶다. 기독교에서 말하는 천국과 불교에서 말하는 서방정토 같은 곳이 정말 있을까 하는 의문으로 읽히는 것이다. 예수 그리스도는 약속했다. 마음이 가난한 자는 복이 있으니, 천국이 너희들의 것이라고. 베드로에게 천국행 열쇠를 준 것도 성경을 보면 은유적으로 표현되어 있다. 그러나 김 시인은 막걸리도 없고 담배도 없고 친구도 없는 '하늘'이 과연 살 만한 곳이냐고 천상병 시인에게 묻고 있다. 천상병도 시에서 '하늘'이라고만 했지 '천국'이나 '하늘나라'라고는 하지 않았다. 오히려 "아름다운 이 세상"이 "아름다웠다"라고 말함으로써 현 세 긍정의 사상을 펴고 있다. '개똥밭에 굴러도 이승이 낫다'는 속담과 일맥상통하는 것이 천상병의 시요 김안로의 시다. 시어 중에 '지상낙원'이 나오는 시가 있어서 주목을 한다.

머리맡은 늘 하늘이 열려있고
발치는 지상낙원
낙원의 기둥은 생목
벽과 울타리는 몸에 좋다는 친환경 소재
바람이 통하고 볕이 잘 내리도록
제법 아늑하게 품을 넓힌
화려하지 않으면서 정갈한 집

두고두고 샘나는 집

―「까치집」 전문

도회지나 시골마을의 입구나 숲이나 나무가 있으면 까치집이 있다. 나뭇가지를 물어다 얼기설기 만든 까치집을 시인은 부러

워하고 있다. 까치라고 사는 것이 편하기만 하랴. 생존경쟁을 하면서 목숨을 부지하기가 쉽지 않겠지만 밝은 세계관을 갖고 있는 시인으로서는 까치집을 보고는 "머리맡은 늘 하늘이 열려 있고/ 발치는 지상낙원"이라고 한다. 게다가 그 집은 인간의 집과는 달리 벽과 울타리가 몸에 좋다는 친환경 소재인데 "바람이 통하고 볕이 잘 내리도록/ 제법 아늑하게 품을 넓힌/ 화려하지 않으면서 정갈한" 집이다. 까치집을 부러워하는 마음, 그 마음이 바로 시심이리라. 하지만 세속에서의 삶이 매양 유쾌한 것은 아니다.

　　낙엽 쌓인 비탈길을 걷자니 자꾸 미끄러진다
　　세 번 미끄러졌을 때는
　　손바닥에 눌린 낙엽들이 인상을 찌푸렸다

　　우리는 하루에 열두 번도 더 미끄러진다
　　이리저리, 바람이 가만두질 않으니

　　―「낙엽」 전문

　　여기서 '바람'은 세파나 '구설수' 정도로 이해하면 될 것이다. 우리는 살아가면서 잘못이 없음에도 불구하고 화를 입거나 해를 당하는 경우가 많은데 한자로 쓰면 '厄'이다. 그래서 불의의 손해를 당했을 때 '액땜을 했다'고 하면서 자위한다.

신발 문수 재어
장에 가신 어머니를 기다리며

'야 이놈아 쇠죽 끓여야지!'
꿈이 잠을 흔들었다
　－「낮잠」 부분

문디 가시나, 내 그럴 줄 알았다.
유월에 분 바르고서는 밤마다 일내사터니
옆에 오도 몬하구로 콕콕 찔러대더니
하나 두울 서이… 도대체 몇이고.

토실토실, 아〜들도 잘 놓는기래!

　－「밤[栗]」 전문

　앞의 시는 시인의 성장환경을 알게 하고 뒤의 시는 성장지를
미루어 짐작하게 한다. 특히 뒤의 시는 밤톨의 모양새, 밤나무
특유의 냄새와 어울려 아주 에로틱한 분위기를 연출하고 있다.
나를 무시하고 다른 사내와 결혼한 젊은 날의 애인에 대한 원망
과 그리움을 교묘하게 교차시키면서. 그것도 경상도의 진한 사
투리와 겹치니 더욱더 시가 찰지다. 김안로 시의 또 하나의 특

징은 해학성인데 여기에 대해서는 부연설명을 생략한다.

시절은 하수상하다. 시골이 내처 시골이고 농촌이 마냥 농촌인가. 세상도 변하고 인심도 변한다. 시골에 큰 도로가 뚫리고 땅값이 치솟고 벼락부자가 탄생한다. 농공단지가 만들어지고 차를 모는 농사꾼들이 많아진다. 한편으로는 폐농이 늘고 빈집이 는다. 폐교가 늘고 아이들 웃음소리가 사라진다.

늘 다니는 길, 옆 외딴집은
개발바람에 올라선 8차선 신작로 때문에
분화구처럼 움푹 패어버려 논마지기와 대밭 사이에
지금은 여남 통의 허름한 벌집 거느리는
사립도 없는 폐가입니다
죽었는지 떠났는지
몇 년째 벌 한 마리 보이지 않는, 빈 마구간 옆으로
산에 길을 내어 다니는 사람들이
가끔, 밭일하는 주인처럼 측간을 드나들어
언뜻 보기엔 사람 사는 집
웃으면 따라 웃고, 눈물은 닦아주고, 외로우면 보듬었을
쭈그린 채 공허한 이 집, 내일 헐린답니다

—「빈집 소묘」 부분

이런 시를 쓰고 있는 김안로 시인이 촌사람이 아니면 누가 촌

사람인가. 특히 요즈음 대부분의 농촌에서 들려오는 소리가, 벌이 잘 안 보인다는 것이다. 그만큼 농촌이 오염되고 자연이 훼손되었다는 뜻이다. 하지만 김안로는 그냥 촌사람이 아니다. 시인이다. 등단작의 일부를 보자.

흐르다 만
빛바랜 세월 밑에 걸러진
녹슨 훈장
두 눈 부릅뜨고 감춘 새
눈빛 맑은 산새 한 마리
그냥 보내도 되나

ㅡ「눈빛 맑은 산새 한 마리」 제3연

이 시에 나오는 산새는 시인 자신을 빗댄 것이 아닐까. "빛바랜 세월 밑에 걸러진/ 녹슨 훈장"이라는 구절 때문이다. 세상의 혼탁함에 감염되지 않으려고 애를 써온 산새, 까치집을 지어 하늘을 우러러보고 땅을 내려다보며 살아온 자신과 이웃의 '삶'을 이야기하고자 시인이 된 것이 아닐까. 그런 점에서 이 시는 당선소감 같다. 스스로, 다음과 같이 시론을 펼쳐놓기도 한다.

단번에 낚아챌 요량으로

수초 우묵한 머릿속으로 족대를 들이밀었으나
아직 비늘조차 생기지 않은 피라미 몇 건져 올린다

하긴, 심연의 바다를 가지고도
언제나 지느러미의 세계를 겉돌기만 하는 내가
올찬 대어를 잡아 올린다는 게 말이 안 되지
바지 걷어붙이고 마냥 얕은 물에 놀아서는

      −「낚시[釣詩]」 전반부

  깜냥이 안 되는데 내가 무슨 대단한 시를 쓴다고 이 야단인
가, 자성하고 있는 내용이다. 또한 쓰는 시가 족족 태작이고 실
패작이라고 자책하고 있다. 사실 낚시를 오래 했다고 해서 월척
을 낚는 것도 아니고 밤을 꼬박 새워도 잔챙이 몇 마리 낚는 것
이 비일비재하다. 세상사 또한 마음먹은 대로 되는 경우가 있던
가. 실패의 노정이고 좌절의 연속이다.

깊은 물에는 큰 미끼를 던져라
하여, 태공망의 위수(渭水)를 검색창에 올려놓고
쉽게 끝나지 않을 사유의 고행(苦行)을 나선다

언젠가는 미끼를 물어 파문을 일으킬 詩가
삿갓 눌러쓴 내 어두운 머릿속에

한 줄기 빛으로 내릴까. 잡은 살림망 들여다보면
잔챙이만 퍼덕거리는데.

－「낚시[釣詩]」 후반부

　그래도 시인은 희망을 잃지 않고 있다. "언젠가는 미끼를 물
어 파문을 일으킬 詩"가 탄생하지 않을까, 희망을 가져보는 것
이다. 제3연의 고사는 이런 것이다. 강태공 여상(呂尙)이라는 자
가 위수의 강가로 집을 옮겨 매일 낚시를 하며 앉아 있었다. 그
는 미끼를 끼우지도 않은 채 낚시를 했는데, 이는 고기를 잡는
것이 목적이 아니라 자신을 등용해 줄 임금을 기다리는 것이 목
적이었기 때문이다. 주나라의 문왕은 위수 근처로 사냥을 가면
현인을 찾을 것이라는 점괘를 믿고 그곳으로 갔는데, 강태공을
보고 바로 그 현인이라는 것을 알게 된다. 강태공에게 다가간
문왕은 강태공과 천하의 정세에 대해 대화를 나눈 후 그의 식
견과 학식을 알아보았다. 그리하여 자신의 수레에 태워 도성으
로 돌아온 후 그를 태공망(太公望)이라 부르며 스승 겸 재상으
로 모신다. 태공망은 주나라가 천하를 제패하는 데 혁혁한 공
을 세운다.
　김 시인은 강태공의 기다림보다 훨씬 오랜 기다림 끝에 시인
이 되었다. 등단 15년 만에 시집도 상재하게 되었다. 이제 무엇
이 불안하고 두려우랴. 좋은 시만 쓰면 되는 것을. 맑은 시심으
로 밝은 세상을 노래할 테지만 세상은 지상낙원이 아님을 시인
자신이 잘 알고 있을 터이다. 시인 자신이 작명한 필명 안로(雁

路)의 뜻이 "기러기는 길을 만들며 날아가고 길을 지우면서 사라진다"는 것이라고 한다. 시인은 시를 만들며 날아가고 시를 지우면서 사라지는 자로 새겨본다. 이 다음 시집은 첫 시집보다 더욱 튼튼한 까치집이 되기를 바란다.

얼굴무늬 수막새

김안로 시집

발 행 처 · 도서출판 청어
발 행 인 · 이영철
영   업 · 이동호
홍   보 · 이용희
기   획 · 천성래
편   집 · 방세화
디 자 인 · 이해니 | 이수빈
제작이사 · 공병한
인   쇄 · 두리터

등   록 · 1999년 5월 3일
(제1999-000063호)

1판 1쇄 인쇄 · 2019년 8월 10일
1판 1쇄 발행 · 2019년 8월 20일

주소 · 서울특별시 서초구 남부순환로 364길 8-15 동일빌딩 2층
대표전화 · 02-586-0477
팩시밀리 · 0303-0942-0478

홈페이지 · www.chungeobook.com
E-mail · ppi20@hanmail.net
ISBN · 979-11-5860-679-4(03810)

이 도서의 국립중앙도서관 출판시도서목록(CIP)은 서지정보유통지원시스템 홈페이지
(http://seoji.nl.go.kr)와 국가자료공동목록시스템(http://www.nl.go.kr/kolisnet)
에서 이용하실 수 있습니다.(CIP제어번호: CIP2019029388)

이 詩集은 구운회 님, 전옥자(故 조성기) 님, 김항도 님, 김지태 님 등 소중한 분들의
지원을 받아 출간되었음을 알려드립니다.